"Pa ffordd?"
meddai Nansi a Nel.

"I'r chwith, fel arfer ..."

Y fersiwn Saesneg gwreiddiol:
The Mole Sisters and the Wavy Wheat

Cyhoeddwyd yn wreiddiol yng Ngogledd America gan Annick Press Ltd.
© 2000, Roslyn Schwartz (testun a darluniau) / Annick Press Ltd

Y fersiwn Cymraeg hwn:

ⓗ Prifysgol Aberystwyth, 2011 ©

ISBN: 978-1-84521-465-4

Cyhoeddwyd gan **CAA (Canolfan Astudiaethau Addysg)**, Prifysgol Aberystwyth,
Plas Gogerddan, Aberystwyth, SY23 3EB (www.aber.ac.uk/caa).
Noddwyd gan Lywodraeth Cymru.

Addaswyd i'r Gymraeg gan **Catrin Elan**
Golygwyd gan **Delyth Ifan a Fflur Pughe**
Dyluniwyd gan **Richard Huw Pritchard**
Argraffwyd gan **Argraffwyr Cambria**

Diolch i Mairwen Prys Jones am ei harweiniad gwerthfawr.

Felly heddiw aethon nhw
i'r dde.

"Dim ond am newid bach!"

"Nawr pa ffordd?"
meddai Nansi a Nel.

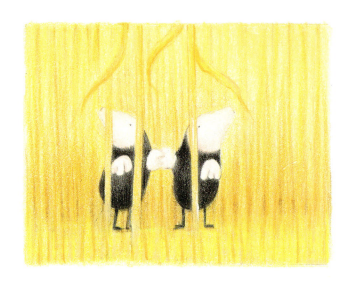

"Hmmmm –

I FYNY!"

Felly i fyny â nhw …

yr holl ffordd i'r top.

O diar.

"Iww-hwwww!"

"IWW-HWWWW!"

"Beth am fynd y ffordd yma?"

Wps.

"Pa ffordd nawr?"
meddai Nansi a Nel.

"Dal dy afael!"

Swish i'r dde –

swish i'r chwith –

un, dau, tri ac …

"I LAWR!"

Roedd hi'n amser ffarwelio
â'r gwenith gwyn

a cherdded chwith-dde,
chwith-dde

yr holl ffordd adref.

Sgubon nhw'r twll tyrchod
o'r top i'r gwaelod.

"Ble awn ni fory, tybed?"
meddai Nansi a Nel.

"Fe gawn ni weld yn y bore."

Nos da, ferched y gwenith.

Mwy o straeon am Nansi a Nel:

Nansi a Nel a'r Wenynen Fach Brysur
Nansi a Nel a'r Diwrnod Glawog
Nansi a Nel a'r Cylch Tylwyth Teg
Nansi a Nel a'r Noson Olau Leuad
Nansi a Nel a'r Mwsog
Nansi a Nel a'r Wy Glas
Nansi a Nel a'r Awel Ysgafn
Nansi a Nel a'r Cwestiwn
Nansi a Nel a'r Ffordd Adref